ÉPICERIE

Pour Tara
Eric Fan

Pour Ellis et Ewyn
Dena Seiferling

Little URBAN
www.little-urban.fr

FESTIN DE NUIT
Titre original : *Night Lunch*
Par Eric Fan & Dena Seiferling

Published by arrangement with Tundra Books,
a division of Penguin Random House Canada Limited
320 Front Street West, Suite 1400, Toronto,
Ontario, M5V 3B6 Canada

Déposé à la commission des publications
pour la jeunesse – loi n° 49-956 du 16 juillet 1949
Dépôt légal : janvier 2024
I.S.B.N. : 978-2-3740-8481-7

Première édition
Traduction : Véronique Mercier-Gallay
Adaptation graphique : Camille Aubry

Achevé d'imprimer à Hung Hing, en Chine en mai 2023.

Eric Fan & Dena Seiferling

Cataclop cataclop, lune de minuit.

Le café-roulotte entre dans la ville endormie.

Froush froush, feuilles mortes et poussières...

... scintillent dans la lumière.

Plic ploc, le café s'écoule lentement.

Son parfum chatouille les narines.

On bâille, on se bouscule. Les estomacs crient famine.

La clochette du café-roulotte retentit dans la nuit.

Tic tac, le four est presque chaud.

Casseroles et cuillères s'agitent en cuisine.

Hou hou, une tourte pour Renard.

Blaireau préfère plutôt un sandwich.

Cric crac, une douzaine d'œufs frais...

… crépitent dans la poêle brûlante.

En un battement d'ailes...

... un en-cas à base de poivrons et saucisses.

En un battement d'ailes…

... biscuits et roulés à la cannelle.

À emporter, dans leur emballage froissé…

… des petits puddings pour les bébés opossums.

Froush froush, à la recherche de la moindre miette...

… ou d’une petite pièce oubliée dans le caniveau.

Ding ding, c'est déjà la fin.

Le petit jour se lève au loin.

Tiens, tiens, qui se cache donc par ici ?

Une petite souris toute tremblante.

NUIT

Froush froush, feuilles mortes et poussières...

… scintillent dans la lumière.

En un battement d'ailes...

... un festin nocturne est dressé !

En un battement d'ailes…

... un festin nocturne à partager.

La petite souris dit merci, merci beaucoup.

La chouette sourit, un peu gênée.

Cataclop cataclop, soleil du matin.

Le café-roulotte reprend son chemin.

HÉÂTRE
Cabaret
N BROADWAY
HÔTEL